LES FESTES DE L'AMOUR ET DE BACCHUS.

PASTORALE.

PRECEDE'E

DE LA GROTTE DE VERSAILLES.

REPRESENTE'ES PAR L'ACADEMIE ROYALE DE MUSIQUE.

On les vend,

A PARIS,

A l'entrée de la Porte de l'Academie Royale de Musique,
Au Palais Royal, ruë Saint Honoré.

Imprimées aux dépens de ladite Academie,

Par CHRISTOPHE BALLARD, seul Imprimeur du Roy pour la Musique.

M. DC. XCVI.

AVEC PRIVILEGE DU ROY.

PROLOGUE.

Le Theatre repreſente la Grotte de Verſailles, où vient une Troupe de Bergers qui joüent de divers Inſtruments, pour y faire un Concert à leur mode.

Recit chanté par deux Bergers.

SILVANDRE.

ALlons, Bergers, entrons dans cet heureux ſejour,
Tout y paroiſt charmant, LOUIS eſt de retour,
Il ſort des bras de la Victoire,
Et vient raſſembler à leur tour
Les plaiſirs égarez dans ces bois d'alentour.

CORIDON.

Il ſe plaiſt en ces lieux à perdre la memoire,
De la grandeur qui brille dans ſa Cour :
Ceſſons de parler de ſa gloire,
Il n'eſt permis icy de parler que d'amour.

Les deux Bergers diſent enſemble ces deux derniers Vers, & le Chœur les repete.

Chanson chantée par LICAS, & repetée par le Chœur.

Dans ces charmantes retraites,
Accordons nos Chalumeaux,
Nos Pipeaux,
Nos Musettes
Au ramage des Oiseaux,
Et chantons nos amourettes
Au doux murmure des eaux.

Autre Chanson chantée par deux Bergeres, à qui deux Flûtes répondent.

Goûtons bien les plaisirs, Bergere,
Le temps ne dure pas toûjours,
La moisson la plus chere
Est celle des amours,
Elle ne se peut faire
Qu'au printemps de nos jours.

Dialogue chanté par deux Bergers.

MENALQUE.

Sortons de ces deserts, détournons-en nos pas.

CORIDON.

Pourquoy quitter si-tost ces endroits pleins de charmes?

MENALQUE.

L'Amour est dans ces lieux avec tous ses appas.

CORIDON.

Ah! qu'il est doux icy de luy rendre les armes,
Où pourrions-nous aller où l'amour ne fût pas?

ENSEMBLE.

Où pourrions-nous aller où l'amour ne fût pas?

LES DEUX BERGERS ENSEMBLE.

Voyons tous deux en aimant,
Qui de nous sçaura prendre
L'ardeur la plus tendre:
Et la garder plus constamment;
Ne craignons point le tourment
Qu'un cœur amoureux doit attendre,
C'est un mal trop charmant
Pour s'en deffendre.

DAPHNIS chante seul, & les Chœurs répondent.

Venez prés de ces Fontaines,
Venez Nymphes qui chassez,
Cessez de courir les plaines
Avec des soins empressez,
Venez icy prendre
Des plaisirs charmants;
Venez nous entendre,
Dansez à nos chants.

Les Rossignols mélent leur Concert à celuy de plusieurs Instruments à leur mode, & les Bergers leur répondent par cette Chansonnette.

IRIS ET CALISTE.

Les Oyseaux vivent sans contrainte,
S'engagent sans crainte,
Leurs nœuds sont doux:
Tout leur rit, tout cherche à leur plaire,
Nous devons en estre jaloux,
La raison ne nous sert de guére,

En amour ils sont tous
Moins bestes que nous.

Autre Chanson chantée par IRIS.

Dans ces deserts paisibles,
Rochers, que vôtre sort est doux!
Vous estes insensibles,
Trop heureux qui l'est comme vous?

2. Couplet.

D'une rigueur extrême
Mon cœur sent les plus rudes coups,
L'insensible que j'ayme
Est cent fois plus Rocher que vous.

IRIS continuë à se plaindre, & en élevant sa voix & la tournant du côté de l'Echo, l'oblige enfin à luy répondre.

IRIS & L'ECHO.

Depuis que l'on soûpire
Sous l'amoureux empire,
Depuis que l'on soûpire
Sous l'amoureuse loy:
Helas! qui fut jamais plus à plaindre que moy.

L'ECHO.

Moy.

IRIS.

Helas!

L'ECHO.

Helas!

IRIS.

Qui fut jamais plus à plaindre que moy!

L'ECHO.

Qui fut jamais plus à plaindre que moy!

IRIS.

Quelle voix vient icy se plaindre?

L'ECHO.

Quelle voix vient icy se plaindre?

IRIS.

N'en doutons plus, ce sont les Echos d'alentour.

L'ECHO.

Ce sont les Echos d'alentour.

IRIS.

Jusqu'au cœur des rochers de ce charmant séjour,
Leur plainte nous apprend que l'amour est à craindre.

L'ECHO.

Que l'amour est à craindre.

Le Chœur des Bergers accompagné de tous les Instruments, du chant des Rossignols, & des repetitions des Echos, acheve de chanter les Vers suivans.

Chantons tous en ce jour,
Redisons tour à tour,
Que le chant des Oyseaux nous seconde,
Que l'Echo nous réponde:
Chantons en ce jour,
Chantons qu'il n'est rien dans le monde
Qui soit insensible à l'amour.

Fin de la Grotte de Versailles.

ACTEURS qui chantent dans la Pastorale.

TIRCIS. *Berger amoureux de Caliste.*
LICASTE.
MENANDRE. } *Bergers amis de Tircis.*
CALISTE. *Bergere aimée de Tircis.*
CLIMENE. *Bergere aimée de Damon.*
FLORESTAN.
SILVANDRE. } *Satires, amants de Caliste.*
TROIS SORCIERES.
DAMON. *Berger amoureux de Climene.*
CLORIS.
SILVIE. } *Bergeres, Compagnes de Caliste & de Climene.*
AMINTE.
ARCAS. *Berger qui vient inviter d'aller à la Feste de l'Amour.*
TROUPE de Bergers & de Bergeres qui chantent dans le Chœur de l'Amour.
TROUPE de Satires & de Bacchantes qui chantent dans le Chœur de Bachus.
TROUPE de Pasteurs joüants des Instruments dans le Chœur de l'Amour.
TROUPE de Silvains joüants des Instruments dans le Chœur de Bacchus.

PERSONNAGES dançants dans la Pastorale.

Quatre Faunes.	*Quatre Driades.*
Deux Magiciens.	*Six Demons.*
Quatre Bergers.	*Quatre Bergeres.*
Quatre Satires.	*Quatre Bacchantes.*

PERSONNAGES des Machines.

SEPT DEMONS *volants.*
DEUX SIRENES.
UNE SORCIERE *volante.*
UN LUTIN *volant.*

La Scene de la Pastorale est en Arcadie.

LES FESTES DE L'AMOUR ET DE BACCHUS.

PASTORALE.

LA Muse Polymnie qui preside aux Arts dépendants de la Geometrie, & qui a trouvé l'invention d'introduire sur le Theatre des Personnages qui expriment par les actions & par les dances ce que les autres expliquent par les paroles, s'avance environnée d'un nuage qui paroist d'abord fermé, & qui s'ouvrant peu à peu découvre la Muse au milieu de plusieurs ornements de Peinture & d'Architecture. Elle excite ceux qui ont commencé de chanter à redoubler leur application & à rechercher avec soin tout ce que l'on peut trouver de plus noble & de plus delicat dans le Chant.

Machine de Polymnie.

POLYMNIE.

Elevez vos Concerts
Au dessus du chant ordinaire;
Songez que vous avez à plaire
Au plus grand ROY de l'Univers.

Le

Le grand Titre de ROY n'est que sa moindre
gloire,
Il est encor plus grand par ses Travaux Guer-
riers ;
Et sa propre Valeur a cüeilly les Lauriers
Dont il est couronné des mains de la Victoire.

Suivez la noble ardeur
Qu'il Vous inspire ;
Tout ce qu'on void dans son Empire
Se doit sentir de sa grandeur.

MElpomene qui preside à la Tragedie, & Euterpe qui a inventé l'Armonie pastorale s'avancent sur deux nuages. Melpomene paroist au milieu de plusieurs Trophées d'armes ; & Euterpe environnée de Festons & de Couronnes de fleurs. Elles sont precedées de deux Symphonies opposées, dont l'une est tres-forte & l'autre extrémement douce, & qui forment une espece de combat, tandis que les deux Muses viennent se placer aux deux côtez de Polymnie pour la prier d'embellir les Divertissemens qu'Elles veulent preparer.

Machines de Melpomene & d'Euterpe.

MELPOMENE.

Joignez à mes chants magnifiques
La pompe de vos ornemens;

EUTERPE.

Joignez à mes concers rustiques
Vos agréments
Les plus charmants.

MELPOMENE.

Vostre secours m'est necessaire,
Je cherche à divertir le plus Auguste Roy
Qui meritât jamais de tenir sous sa Loy
Tout ce que le Soleil éclaire.

LES DEUX MUSES ENSEMBLE.

C'est à moy, C'est à moy,
De pretendre à luy plaire.

MELPOMENE.

C'est moy dont la voix éclattante
A droit de celebrer les Exploits les plus grands;
Les nobles recits que je chante
Sont les plus dignes jeux des fameux Conquerans.

EUTERPE.

C'est un doux amusement
Que d'aimables chansonnettes;
Les douceurs n'en sont pas faites
Pour les Bergers seulement.

Les tendres amourettes
Que l'on chante à l'ombre des Bois
Sur les Musettes
Ne sont pas quelquefois
Des jeux indignes des grands Roys.

POLYMNIE.

Il faut entre mes sœurs que mon soin se partage:
Preparez tour à tour vos plus aimables jeux;
Pour vous accorder je m'engage
A vous seconder toutes deux.

EUTERPE.

Commencez de répondre à mon impatience.

MELPOMENE.

Vos premiers soins sont dûs à ce que j'entreprens.

POLYMNIE.

Terminez tous vos differents.
Souffrez qu'en sa faveur aujourd'huy je commence,
Je reserve pour vous mes travaux les plus grands.

Polymnie dit ces deux Vers à Melpomene.

Les trois Muses ensemble.

Que nostre accord est doux?
Que tout ce qui nous suit s'accorde comme nous.

DEs Heros, des Paſtres, & des Ouvriers des Arts qui ſervent aux Spectacles, obeiſſent aux ordres des Muſes. Les Heros font une maniere de Combat avec leurs armes, les Paſtres joüent avec leurs baſtons, les Ouvriers travaillent aux Decorations de la Paſtorale que l'on prepare, & accordent le bruit de leurs Marteaux, Scies & Rabots, avec l'armonie des Violons & des Hautboits, & tous enſemble forment la ſeconde Entrée.

SECONDE ENTRE'E.

Quatre Heros. Quatre Paſtres, & quatre Ouvriers.

TOute la Troupe qui avoit commencé de chanter d'une maniere comique avant l'arrivée des trois Muſes, ſe ſentant animée par leur preſence, répond à leurs chants par des Chœurs.

Les trois Muſes enſemble.

Joignons nos ſoins & nos voix
Pour plaire au plus grand des Roys.

Les Chœurs repetent.

Joignons nos ſoins & nos voix
Pour plaire au plus grand des Roys.

MELPOMENE.

Chantons la gloire de ſes Armes.

Un Chœur repete le meſme Vers.

EUTERPE.

Chantons la douceur de ſes Loix.

Un Chœur repete le meſme Vers.

POLYMNIE.

Faiſons tout retentir du bruit de ſes Exploits.

Tous les Chœurs répondent.

MELPOMENE.

Formons des concers pleins de charmes.

EUTERPE.

Faiſons entendre nos Hautbois.

LEs Hautbois & les Muſettes répondent, & cependant les Heros & les Paſtres rentrent ſur le Theatre avec les Ouvriers qui apportent des ornemens qu'ils ont faits pour ſervir à la Piece qui va commencer, & autour deſquels les Heros & les Paſtres dancent, tandis que les Muſes & tous les Chœurs continuënt leurs chants. Ce qui forme un jeu concerté des Muſes qui chantent dans leurs Machines au milieu des Nuages, de la Troupe qui leur répond, placée dans des Balcons, & des Heros, Paſtres, & Ouvriers, qui dancent ſur le Theatre.

Tous enſemble.

Faiſons tout retentir du bruit de ſes Exploits.

POLYMNIE.

Preparons des Feſtes nouvelles.

MELPOMENE.

Que nos Chanſons ſoient immortelles.

EUTERPE.

Que nos airs ſoient doux & touchants.

TOUS ENSEMBLE.

Meſlons aux plus aimables Chants
Les Dances les plus belles.
Joignons nos ſoins & nos voix.
Pour plaire au plus grand des Roys.

Fin du Prologue.

ACTE PREMIER.

LE Theatre change & represente une épaisse Forest, où des chûtes d'eaux coulent entre les Arbres: On void dans l'enfoncement deux Montagnes separées par une belle Valée où une Riviere tombe par diverses Cascades qui produisent plusieurs effets agreables & differents.

Le Theatre est une Forest.

SCENE PREMIERE.

TIRCIS.

Vous chantez sous ces feüillages,
Doux Rossignols pleins d'amour,
Et de vos tendres ramages
Vous réveillez tour à tour
Les échos de ces bocages:
Helas! petits oyseaux, helas!
Si vous aviez mes maux vous ne châteriez pas.

SCENE DEUXIESME.

LICASTE, MENANDRE, TIRCIS.

LICASTE.

HE' quoy, toûjours languiſſant, ſombre, & triſte?

MENANDRE.

Hé quoy, toûjours aux pleurs abandonné?

TIRCIS.

Toûjours adorant Caliſte,
Et toûjours infortuné.

LICASTE.

Domte, domte, Berger, l'ennuy qui te poſſede.

TIRCIS.

Et le moyen, helas!

MENANDRE.

Fay, Fais-toy quelque effort.

TIRCIS.

Eh le moyen, helas! quand le mal eſt ſi fort?

LICASTE.

Ce mal trouvera ſon remede.

TIRCIS.

Je ne gueriray qu'à ma mort.

Licaſte, & Menandre enſemble.

Ah Tircis!

TIRCIS.

TIRCIS.

Ah Bergers!

LICASTE, ET MENANDRE.

Pren ſur toy plus d'empire.

TIRCIS.

Rien ne me peut plus ſecourir.

LICASTE, ET MENANDRE.

C'eſt trop, c'eſt trop ceder.

TIRCIS.

C'eſt trop, c'eſt trop ſouffrir.

LICASTE, ET MENANDRE.

Quelle foibleſſe!

TIRCIS.

Quel martyre!

LICASTE, ET MENANDRE.

Il faut prendre courage.

TIRCIS.

Il faut plûtoſt mourir.

LICASTE.

Il n'eſt point de Bergere
Si froide, & ſi ſevere,
Dont la preſſante ardeur
D'un cœur qui perſevere
Ne vainque la froideur.

MENANDRE.

Il est dans les affaires
Des amoureux mysteres,
Certains petits moments
Qui changent les plus Fieres,
Et font d'heureux Amants.

TIRCIS.

Je la voy, la Cruelle,
Qui porte icy ses pas,
Gardons d'estre veu d'elle,
L'Ingrate, helas!
N'y viendroit pas.

SCENE TROISIESME.

CLIMENE. CALISTE.

CLIMENE.

Vien dans nostre Village:
Voicy le Jour
Qu'on y doit celebrer la Feste de l'Amour.
Que cherche-tu dans ce boccage?

CALISTE.

Je cherche le repos, le silence, & l'ombrage.

CLIMENE.

Tu devrois bien plûtost songer
A t'engager.
Eh que peut faire
Une Bergere
Sans un Berger ?

CALISTE.

Ton malheur doit me rendre sage :
Tu n'as choisi qu'un Inconstant.

CLIMENE.

Si mon Berger devient volage,
Il m'est permis d'en faire autant.

ON gouste la douceur d'une amour eternelle,
Quand on fait l'heureux choix d'un fidele Berger,
Et quand on aime un Infidelle,
L'on a le plaisir de changer.

Quoy, l'amour de Tircis ne t'a point attendrie?
Lors qu'on en veut parler tu n'écoutes jamais ?
Ne resve plus, ou je m'en vais.

CALISTE.

Laiße-moy dans ma resverie.
Ah ! que sous ce feüillage épais
Il est doux de resver en paix !

CLIMENE.

Je n'entre point dans un myſtere
Que tu veux reſerver;
Mais un cœur ſans affaire
Ne donne point tant à reſver.

SCENE QUATRIESME.

CALISTE.

AH! que ſur noſtre cœur
La ſevere Loy de l'honneur
Prend un cruel empire!
Je ne fais voir que rigueurs pour Tircis,
Et cependant ſenſible à ſes cuiſans ſoucis,
De ſa langueur en ſecret je ſoupire,
Et voudrois bien ſoulager ſon martire;
C'eſt à vous ſeuls que je le dis,
Arbres, n'allez pas le redire.

Puis que le Ciel a voulu nous former
Avec un cœur qu'Amour peut enflamer,
Quelle rigueur impitoyable
Contre des traits ſi doux nous force à nous armer?
Et pourquoy ſans eſtre blâmable
Ne peut-on pas aimer
Ce que l'on trouve aimable?

Helas! petits oyseaux que vous estes heureux
De ne sentir nulle contrainte,
Et de pouvoir suivre sans crainte
Les doux emportements de vos cœurs amoureux!
Mais le sommeil sur ma paupiere
Verse de ses pavots l'agreable fraischeur,
Donnons-nous à luy toute entiere,
Nous n'avons point de loy severe
Qui défende à nos sens d'en goûter la douceur.

La Bergere Caliste s'endort sur un Gazon.

SCENE CINQUIESME.

TIRCIS. LICASTE. MENANDRE. CALISTE.

TIRCIS.

Vers ma belle Ennemie
Portons sans bruit nos pas,
Et ne réveillons pas
Sa rigueur endormie.

TOUS TROIS.

Dormez, dormez beaux yeux adorables vainqueurs,
Et goûtez le repos que vous ostez aux cœurs.

TIRCIS.

Silence petits oyseaux,
Vents n'agitez nulle chose;
Coulez doucement ruisseaux,
C'est Caliste qui repose.

TOUS TROIS.

Dormez, dormez beaux yeux, &c.

CALISTE s'éveillant.

Ah! quelle peine extrême!
Suivre par tout mes pas?

TIRCIS.

Que voulez-vous qu'on suive, helas!
Qu'est-ce qu'on aime.

CALISTE.

Berger, que voulez-vous?

TIRCIS.

Mourir belle Bergere,
Mourir à vos genoux,
Et finir ma misere,
Puis qu'en vain à vos pieds on me void soûpirer,
Il y faut expirer.

CALISTE.

Ah! Tircis, ostez-vous, j'ay peur que dans ce jour
La pitié dans mon cœur n'introduise l'amour.

LICASTE, ET MENANDRE.

Soit amour, ſoit pitié,
Il ſied bien d'eſtre tendre;
C'eſt par trop vous défendre,
Bergere, il faut ſe rendre
A ſa longue amitié,
Soit amour, ſoit pitié,
Il ſied bien d'eſtre tendre.

CALISTE.

C'eſt trop, c'eſt trop de rigueur
J'ay mal-traité voſtre ardeur
Cheriſſant voſtre perſonne,
Vangez-vous de mon cœur
Tircis, je vous le donne.

TIRCIS.

O Ciel! Bergers! Caliſte! ah je ſuis hors de moy!
Si l'on meurt de plaiſir je doy perdre la vie.

LICASTE.

Digne prix de ta foy!

MENANDRE.

O! ſort digne d'envie!

SCENE SIXIESME.

FORESTAN, SILVANDRE, CALISTE, TIRCIS. LICASTE, MENANDRE.

FORESTAN.

QUoy tu me fuis, Ingrate, & je te vois icy
De ce Berger à moy faire une preference?

SILVANDRE.

Quoy, mes soins n'ont rien pû sur ton indifference,
Et pour ce Langoureux ton cœur s'est adoucy?

CALISTE.

Le Destin le veut ainsi,
Prenez tous deux patience.

FORESTAN.

Aux Amants qu'on pousse à bout
L'Amour fait verser des larmes;
Mais ce n'est pas nostre goût,
Et la bouteille a des charmes
Qui nous consolent de tout.

SILVANDRE.

Nostre amour n'a pas toûjours.

Tout

Tout le bonheur qu'il desire:
Mais nous avons un secours,
Et le bon vin nous fait rire
Quand on rit de nos amours.

TOUS.

Champestres Divinitez,
Faunes, Driades, sortez
De vos paisibles retraites;
Meslez vos pas à nos sons,
Et tracez sur les herbettes
L'image de nos chansons.

QUatre Faunes sortent avec de petits Tambours, & quatre Driades avec des Festons de fleurs. Ils forment ensemble une Entrée qui finit le premier Acte.

TROISIE'ME ENTRE'E.

Quatre Faunes, quatre Driades.

Fin du premier Acte.

ACTE SECOND.

Le Theatre est un vieux Château en ruïnes.

LE Theatre change & represente un vieux Chasteau qui estoit autrefois la demeure des Seigneurs du prochain Village, & qui tombe entierement en ruïnes. On y void en plusieurs endroits des Arbres & des Ronces, & dans l'enfoncement au travers d'une Arcade à demy rompuë, on découvre les vestiges de trois grandes Allées de Cyprés à perte de veuë.

SCENE PREMIERE.

FORESTAN.

JE ne puis souffrir l'outrage
Que Caliste fait à ma foy:
Dans le fonds de mon cœur j'enrage
Qu'elle ayme un Autre que moy.

Deux Enchanteurs m'ont fait entendre
Qu'ils ont le ſecret de me rendre
Tel qu'il faut eſtre pour charmer:
Caliſte aura beau s'en défendre,
Je la contraindray de m'aymer.

SCENE DEUXIE'ME.

FORESTAN, DEUX MAGICIENS, TROIS SORCIERES, SIX DEMONS QUI DANCENT, ET SEPT AUTRES DEMONS VOLANTS.

C'Eſt dans cette Scene que des Lutins déguiſez font une Ceremonie magique pour feindre d'embellir Foreſtan, & pour ſe mocquer de luy. Deux Magiciens paroiſſent chacun une baguette à la main, ils frappent la Terre en dançant, & en font ſortir ſix Demons qui ſe joignent avec eux. Trois Sorcieres ſortent auſſi de deſſous terre, & faiſant aſſeoir Foreſtan au milieu d'Elles, meſlent leurs chants aux dances des Magiciens & des Demons, pour former une maniere d'enchantement.

QVATRIE'ME ENTRE'E.

DEUX MAGICIENS, SIX DEMONS.

LES TROIS SORCIERES ENSEMBLE.

Deeße des appas
Ne nous refuse pas
La grace qu'implorent nos bouches;
Nous t'en prions par tes rubans,
Par tes boucles de Diamans,
Ton rouge, ta poudre, tes mouches,
Ton masque, ta coëffe, & tes gans.

UNE SORCIERE SEULE.

O Toy? qui peux rendre agreables
Les visages les plus mal-faits,
Répans, Venus, de tes attraits
Deux ou trois dozes charitables
Sur ce muzeau tondu tout frais.

LES TROIS SORCIERES ENSEMBLE.

Deesse des appas, &c.

Les Demons habillent Forestan d'une maniere bizare & ridicule, & tandis que les Magiciens & Demons dancent, les trois Sorcieres chantent.

Ah qu'il est beau
Le Jouvenceau,
Ah qu'il est beau.
Qu'il va faire mourir de belles:
Auprés de luy les plus cruelles
Ne pourront tenir dans leur peau.
Ah qu'il est beau
Le Jouvenceau,
Ah qu'il est beau!
Ho, ho, ho, ho, ho, ho,
Qu'il est joli!
Gentil, poli!
Qu'il est joli!
Est-il des yeux qu'il ne ravisse?
Il passe en beauté feu Narcisse
Qui fut un Blondin accomply.
Qu'il est joli!
Gentil, poli!
Qu'il est joli!
Hi, hi, hi, hi, hi, hi.

LEs trois Sorcieres qui chantent s'enfoncent dans la Terre, les deux Magiciens & les six Demons qui dancent disparoissent, & dans le mesme temps quatre Demons qui partent de quatre costez differens, croisent dans l'air, & trois autres petits Demons qui sortent de terre, & qui tous trois ensemble s'élevent en rond, apres avoir fait trois tours en volant, se vont perdre dans les Nuages au milieu du Theatre.

SCENE TROISIE'ME.

FORESTAN.

QU'un beau Visage
A d'avantage!
Tout luy rit, tout luy fait la cour.
Que l'on verra dans ce Boccage
De Bergeres mourir d'amour,
Et de Bergers crever de rage!

SCENE QUATRIE'ME.

SILVANDRE, FORESTAN.

SILVANDRE.

FOrestan? est-tu là?

FORESTAN.

Beau comme je dois estre
Il va me voir sans me connestre.

SILVANDRE.

O! Forestan? ah! te voila.
Pourquoy t'amuser de la sorte?

FORESTAN.

Qu'importe, qu'importe.

SILVANDRE.

Hé quoy! ne veux-tu pas aller
Où nous devons nous assembler?
Ton impatience est peu forte.

FORESTAN.

Qu'importe, qu'importe.

SILVANDRE.

Veux-tu souffrir en ce jour
Que le foible Dieu d'amour
Sur le Dieu du vin l'emporte?

FORESTAN.

Qu'importe, qu'importe.

SILVANDRE.

Allons; c'est trop railler.

FORESTAN.

A qui crois-tu parler?

SILVANDRE.

Quel badinage !
Tu n'es pas ſage ;
La Feſte de Bachus commencera bien-toſt.
Allons, ſans tarder davantage,
Allons-y boire comme il faut.

Foreſtan affecte de faire l'agreable, & quitte ſon ton naturel de baſſe pour chanter en fauſſet.

FORESTAN.

Il eſt bien doux de boire ;
On peut en faire gloire.
Quand on n'a pas dequoy charmer ;
Bachus ſçait conſoler un Amant miſerable ;
Mais quand on eſt aymable,
Il n'eſt rien ſi doux que d'aymer.

SILVANDRE.

Que veux-tu dire ?
D'où vient ce caprice nouveau ?

FORESTAN.

Regarde, conſidere, admire.
Ah qu'il eſt beau !
Ho, ho, ho, ho, ho, ho.
Ah qu'il eſt beau.

SILVANDRE.

SILVANDRE.

Dy-moy donc je te prie
De quelle folle resverie
Ton cerveau s'est remply?

FORESTAN.

Qu'il est joli!
Hi, hi, hi, hi, hi, hi,

SILVANDRE.

Consulte la Fontaine
La plus prochaine,
Mire-toy dans son eau.

Forestan s'approche d'une Fontaine qui paroist au milieu du Theatre, & dans le moment qu'il se baisse pour se regarder dans l'eau, il en sort deux Sirenes qui luy presentent un grand miroir. Forestan s'y void aussi laid qu'il estoit avant la ceremonie magique, & dans la rage qu'il a de la tromperie qu'on luy a faite, il veut frapper de sa Massuë les deux Sirenes qui se mocquent de luy, mais Elles évitent ses coups, en se plongeant & se perdant dans la Fontaine, qui disparoist en un moment.

SILVANDRE.

Ah qu'il est beau! ho, ho, ho, &c.

FORESTAN.

Je ſuis digne de raillerie;
On m'a fait une fourberie,
Mais ſi je la mets en oubly....
Non, non, les Impoſteurs n'auront pas lieu de rire.

Deux Sorcieres affreuſes paroiſſent aux deux coſtez du Theatre, & preſentent chacune un miroir à Foreſtan.

SILVANDRE.

Regarde, conſidere, admire.

FORESTAN.

Ah! je vais vous payer de m'avoir embelly.

Foreſtan s'avance vers une des Sorcieres, & la veut frapper de ſa Maſſuë, mais la Sorciere évite le coup en s'envolant, le Satire ne frappe que l'air, & ſa Maſſuë luy échappe des mains. Il court vers l'autre Sorciere, il l'attrape, mais dans le moment qu'il ſe jette ſur Elle, & qu'il la tient, il ne luy demeure entre les mains qu'une figure de Sorciere qui luy fait la grimace, & luy preſente un miroir, tandis qu'un petit Lutin qui eſtoit enfermé dedans s'envole en ſe mocquant du Satire.

SILVANDRE.

Qu'il est joli ! Hi, hi, hi, &c.

FORESTAN.

C'est un tour des Lutins errants dans ce Bocage
Dont il faut que je sois vengé.

SILVANDRE riant.

Hé, hé, hé, hé, hé, hé.

FORESTAN.

Tu ris quand je suis outragé?

SILVANDRE riant.

Hé, hé, hé, hé, hé, hé.

FORESTAN.

Ne m'insulte point davantage;
Va rire ailleurs;
Je suis dans une rage
Qui pourroit bien tourner sur les méchants railleurs.

SILVANDRE.

Amy, me veux-tu croire,
Ne songeons plus qu'à boire;
Fuyons l'Amour, & le chagrin,
Suivons Bachus, courons au vin.

FORESTAN.

Au vin, au vin, au vin, au vin.

ENSEMBLE.

Fuyons l'Amour, & le chagrin,
Suivons Bachus, courons au vin.
Au vin, au vin, au vin, au vin.

SCENE CINQUIEME.

DAMON, SILVANDRE, FORESTAN.

DAMON.

MA Bergere a changé, je veux changer comme Elle.

SILVANDRE.

Suy les loix de Bachus, tu t'en trouveras bien.

DAMON.

Heureux qui peut aymer une Beauté fidele!

FORESTAN.

Plus heureux qui peut n'aymer rien.

SILVANDRE.

Viens avec nous goûter la vie;
Quitte une volage Beauté
Comme elle t'a quitté:
Profite de sa perfidie,
Vien joüir de la liberté.

DAMON.

C'est pour servir Cloris que je quitte Climene,
Et mon cœur sans aymer ne sçauroit vivre un jour;
Qui s'engage une fois peut bien chãger de chaîne,
Mais il est mal-aisé d'échapper à l'Amour.

SILVANDRE.

Sous l'amoureux Empire
On n'est point sans tourment;
Je te plains pauvre Amant,
Languy, gemy, soûpire;
Nous allons rire.

SILVANDRE ET FORESTAN.

Fuyons l'Amour, & le chagrin, &c.

SCENE SIXIE'ME.

DAMON, CLIMENE.

DAMON.

MA *volage s'avance.*

CLIMENE.

Voicy mon infidele Amant.

DAMON, ET CLIMENE.

Vengeons-nous de son inconstance.
O! la douce vengeance
Qu'un heureux changement!

DAMON.

Quand je plaisois à tes yeux
J'estois content de ma vie,
Et ne voyois Roys ny Dieux
Dont le sort me fit envie.

CLIMENE.

Lors qu'à toute autre personne
Me preferoit ton ardeur,
J'aurois quitté la Couronne
Pour regner dessus ton cœur.

DAMON.

Une autre a guery mon ame,
Des feux que j'avois pour toy.

CLIMENE.

Une autre a vengé ma flame
Des foiblesses de ta foy.

DAMON.

Cloris qu'on vante si fort
M'ayme d'une ardeur fidele,
Si ses yeux vouloient ma mort
Je mourrois content pour elle.

CLIMENE.

Mirtil si digne d'envie,
Me cherit plus que le jour,
Et moy je perdrois la vie
Pour luy montrer mon amour.

DAMON.

Mais si d'une douce ardeur
Quelque renaissante trace
Chassoit Cloris de mon cœur
Pour te remettre en sa place?

CLIMENE.

Bien qu'avec pleine tendresse
Mirtil me puisse cherir,
Avec toy, je le confesse,
Je voudrois vivre & mourir.

DAMON, ET CLIMENE.

Ah plus que jamais aymons-nous,
Et vivons & mourons en des lieux si doux.

SCENE SEPTIE'ME.

TROUPE DE BERGERS ET DE BERGERES, DAMON. CLIMENE.

UNe Troupe de Bergers & de Bergeres qui voyent Damon & Climene racommodez en témoignent leur joye.

TROUPE DE BERGERS ET DE BERGERES.

Amants, que vos querelles
Sont aymables & belles;
Qu'on y void succeder
De plaisirs, de tendresse!

Querellez-vous ſans ceſſe
Pour vous racommoder.

SCENE HUITIE'ME.

ARCAS, DAMON, CLIMENE, TROUPE DE BERGERS ET DE BERGERES.

ARCAS.

Venez, que rien ne vous arreſte,
Ne perdez point d'heureux moments;
Venez, venez tous voir la Feſte
Que l'on appreſte
A l'honneur du Dieu des Amants;
Les plaiſirs où l'Amour convie
Sont les plus charmants de la vie,
Il en faut joüir tant qu'on peut,
On ne les a pas quand on veut.

TOUS ENSEMBLE.

Les plaiſirs où l'Amour convie, &c.

Les Bergers & les Bergeres vont enſemble au lieu preparé pour la Feſte de l'Amour.

Fin du ſecond Acte.

ACTE III.

ACTE TROISIE'ME.

LE Theatre ſe change, & repreſente une grande Allée d'arbres d'une extréme hauteur, leſquels mélent leurs branches les unes avec les autres, & forment une maniere de voûte de verdure, où pluſieurs Paſteurs joüants de differents Inſtruments ſe trouvent placez; Un grand nombre de Bergers & de Bergeres paroiſſent ſous cette voûte qui commencent la Feſte de l'Amour, par des Chanſons où les Dances ſe mélent de temps en temps.

Le Theatre eſt une Allée d'arbres qui forment une voûte de verdure.

SCENE PREMIERE.

TROUPES DE PASTEURS, DE BERGERS ET BERGERES.

CALISTE.

ICy l'ombre des ormeaux
Donne un teint frais aux herbettes,

Et les bords de ces Ruiſſeaux
Brillent de mille fleurettes
Qui ſe mirent dans les eaux.
Prenez, Bergers, vos Muſettes,
Ajuſtez vos Chalumeaux,
Et meſlons nos chanſonnettes
Aux chants des petits Oiſeaux.

CINQUIE'ME ENTRE'E.

QUATRE BERGERS, QUATRE BERGERES.

CLIMENE.

Le Zephire entre ces eaux
Fait mille courſes ſecrettes,
Et les Roſſignols nouveaux
De leurs douces amourettes
Parlent aux tendres rameaux.
Prenez, Bergers, vos Muſettes, &c.

Les Bergers & Bergeres continuënt de méler les Dances aux Chanſons.

CLORIS.

Ah! qu'il eſt doux belle Silvie
Ah! qu'il eſt doux de s'enflamer!

Il faut retrancher de la vie
Ce qu'on en passe sans aymer.
Ah! qu'il est doux, &c.

SILVIE.

Ah! les beaux jours qu'Amour nous donne
Lors que sa flame unit les Cœurs!
Est-il n'y gloire ny Couronne
Qui vaille ses moindres douceurs?
Ah! les beaux jours, &c.

ARCAS.

Qu'avec peu de raison on se plaint d'un martyre
Que suivent de si doux plaisirs!

TIRCIS ET ARCAS.

Un moment de bonheur dans l'amoureux Empire
Repare dix ans de soûpirs.

TOUS ENSEMBLE.

Chantons tous de l'Amour le pouvoir adorable,
Chantons tous dans ces lieux
Ses attraits glorieux;
Il est le plus aymable
Et le plus grand des Dieux.

LA Perspective s'ouvre, & laisse paroître dans le fond du Theatre une autre maniere de voûte de Treille, sous laquelle

La Perspective s'ouvre, & laisse voir

un Amphi-Theatre de Verdure.

une multitude de Suivans de Bacchus ſont placez, les uns ſur des Tonneaux, & les autres ſur une eſpece d'Amphitheatre couvert de pampres de vigne, qui tous joüent de differents Inſtruments, tandis que pluſieurs autres Satires, & Silvains s'avancent au milieu du Theatre pour interrompre la Feſte de l'Amour, & pour en celebrer une plus ſolemnelle à la gloire de Bacchus.

SCENE DEUXIE'ME.

TROUPES DE SATIRES, DE BACCHANTES, ET DE SILVAINS, joüants de differents Inſtruments, chantants, & dançants. TROUPES DE BERGERS ET DE BERGERES.

SILVANDRE.

ARreſtez, c'eſt trop entreprendre,
Un autre Dieu dont nous ſuivons les loix
S'oppoſe à cet honneur qu'à l'Amour oſe rendre
Vos Muſettes & vos voix;
A des titres ſi beaux Bacchus ſeul peut pretendre,
Et nous ſommes icy pour défendre ſes droits.

CHOEUR DE BACCHUS.

Nous ſuivons de Bacchus le pouvoir adorable
Nous ſuivons en tous lieux
Ses attraits precieux;

Il eſt le plus aimable
Et le plus grand des Dieux.

Les Suivans de Bacchus qui dancent font un combat contre les Danceurs du party de l'Amour, tandis que les Bergers & les Satires diſputent en chantant en faveur du Dieu que chacun veut honorer.

SIXIE'ME ENTRE'E.

QUATRE SATIRES, QUATRE BACCHANTES.

AMINTE.

C'*Eſt le Printemps qui rend l'ame*
A nos champs ſemez de fleurs;
Et c'eſt l'Amour & ſa flame
Qui font revivre nos cœurs.

FORESTAN.

Le Soleil chaſſe les ombres,
Dont le Ciel eſt obſcurcy,
Et des ames les plus ſombres
Bacchus chaſſe le ſoucy.

CHOEUR DE BACCHUS.

Bacchus eſt reveré ſur la Terre & ſur l'Onde.

CHOEUR DE L'AMOUR.

Et l'Amour eſt un Dieu qu'ō revere en tous lieux.

CHOEUR DE BACCHUS.

Bacchus à ſon pouvoir a ſoûmis tout le Monde.

CHOEUR DE L'AMOUR.

Et l'Amour a dompté les Hommes & les Dieux.

CHOEUR DE BACCHUS.

Rien peut-il égaler ſa douceur ſans ſeconde?

CHOEVR DE L'AMOVR.

Rien peut-il égaler ſes charmes precieux?

CHOEVR DE BACCHVS.

Fy de l'Amour & de ſes feux.

LE PARTY DE L'AMOVR.

Ah! quel plaiſir d'aymer!

LE PARTY DE BACCHVS.

Ah! quel plaiſir de boire!

LE PARTY DE L'AMOVR.

A qui vit ſans amour la vie eſt ſans appas.

LE PARTY DE BACCHVS.

C'eſt mourir que de vivre & de ne boire pas.

LE PARTY DE L'AMOVR.

Aymables fers!

LE PARTY DE BACCHVS.

Douce Victoire!

LE PARTY DE L'AMOVR.

Ah! quel plaiſir d'aymer!

LE PARTY DE BACCHVS.

Ah! quel plaiſir de boire!

LES DEVX PARTIS ENSEMBLE.

Non, non, c'est un abus
Le plus grand Dieu de tous,

LE PARTY DE L'AMOVR.

C'est l'Amour.

LE PARTY DE BACCHVS.

C'est Bacchus.

SCENE DERNIERE.

LE Berger Licaste vient se jetter entre les deux Partis qui disputent, & les met d'accord.

LICASTE.

C'est trop, c'est trop, Bergers, hé pourquoy ces débats?
Souffrõs qu'en un Party la Raison nous assemble:
L'Amour a des douceurs, Bacchus a des appas,
Ce sont deux Deïtez qui sont fort bien ensemble,
Ne les separons pas.

LES DEVX CHOEVRS ENSEMBLE.

Meslons donc leurs douceurs aymables,
Meslons nos voix dans ces lieux agreables,
Et faisons repeter aux Echos d'alentour,
Qu'il n'est rien de plus doux que Bacchus & l'Amour.

Tandis que les Voix & les Instruments des deux Chœurs s'unissent, tous les Danceurs des deux Partis forment ensemble la derniere Entrée, & terminent agreablement les Fêtes de l'Amour & de Bacchus.

DERNIERE ENTRE'E.

QUATRE BERGERS, QUATRE BERGERES, QUATRE SATIRES, ET QUATRE BACCHANTES.

Fin du troisiéme & dernier Acte.

Imprimé aux dépens de l'Academie Royale de Musique, par François Muguet Imprimeur du Roy.

www.ingramcontent.com/pod-product-compliance
Ingram Content Group UK Ltd.
Pitfield, Milton Keynes, MK11 3LW, UK
UKHW021517260726
13993UKWH00004B/1735